AF189154

Robert L. Stevenson

Diableto en botelo

rakontotraduko

PRESINDIKOJ

Bibliografiajn informojn pri la publikaĵo registras la Germana Nacia Biblioteko en la Germana Nacia Bibliografio. Detalaj biografiaj indikoj pri la romantraduko troveblas interrete: https://dnb.de

Produktejo kaj eldonejo: BoD – Books on Demand, Norderstedt

ISBN: 9783744852289

PRI LA TRADUKO

Laŭ la angla originalo
„*The bottle imp*"
tradukis Dorothea
kaj Hans-Georg Kaiser.

Lingve kontrolis
Vladimir Türk.

Aranĝis
Hans-Georg Kaiser
kaj Frank Vohla.

La redaktofino
estis la 13-a de aprilo
en la jaro 2023.

DIABLETO EN BOTELO

Estis iam viro sur la insulo Havajo, kiun mi volas nomi Keave. Ĉar estas vere, ke li ankoraŭ vivas, tial necesas prisilenti lian nomon; sed lia naskiĝloko ne estas malproksime de Honaunau, kie la ostaro de Keave la Granda kuŝas kaŝita en kaverno. Tiu viro estis povra, sen timo kaj diligenta; li povis legi kaj skribi kiel instrumastro, krome li estis bonega maristo, li veturadis sur la insulaj vaporŝipoj kaj stiris balenkaptistan ŝipon ĝis la bordo de Hamakua. Fine li ekhavis la ideon rigardi foje la vastan mondon kaj eksterlandajn urbojn. Tial li dungiĝis kiel maristo sur ŝipo, kiu velis al San-Francisko.

Tio estas rava urbo kun rava haveno kaj nenombreble multaj riĉaj homoj. Tute eksterordinara estis, ke tie troviĝis monteto kovrata de palacoj. Tie Keave iutage promenis kun monujo plena de mono kaj rigardis plezurigite la grandajn domojn je ambaŭ flankoj. „Kiaj ravaj domoj tie estas! Kaj kiom feliĉaj devas esti la homoj, kiuj loĝas en ili kaj ne devas okupiĝi pri la sekva tago." Tion pensis Keave, kiam li iris antaŭ domon, kiu estis pli malgranda ol kelkaj aliaj sed tute perfekta kaj plibeligita kiel ludilo; la ŝtupoj de la domo brilis kiel arĝento kaj la randaj bedoj de la ĝardeno floris kiel girlandoj kaj la fenestroj estis helaj kiel juveloj. Keave haltis kaj estis ravita de la lukso, kiun li vidis; kaj dum li estis kaptita de la vidaĵo, li rimarkis viron, kiu rigardis lin rekte post fenestro tra vitrotabulo tia blanka, ke Keave vidis lin tute precize, tiel, kiel oni vidas fiŝon en flaka lageto sur rifoj. La viro ne estis plu juna, li estis kalva kaj havis nigran barbon, lia vizaĝo estis zorgoplena kaj li ekĝemis kun vinagro en la mieno. La vero estas, ke tiam, kiam Keave rigardis internen al la viro kaj la viro eksteren al Keave, ili enviis sin reciproke.

Sed subite ridetis la viro, kapjesis al Keave, mansigne vokis lin al si kaj salutis lin je la enirpordo de la domo.

„Mi havas ĉi tie belan domon", parolis la viro kaj ĝemis amare.

„Ĉu vi eble foje volus rigardi la ĉambrojn?!“

Li montris la tutan domon al Keave, de la kelo ĝis la subtegmento, kaj troviĝis nenio, kio ne estis perfekta laŭ ties speco, kaj Keave ekmiris.

„Efektive“, diris Keave, „tio estas mirinde bela domo. Se mi povus vivi en simila domo, mi ridus dum la tuta tago kaj ĝojus. Kiel tio povas esti, ke vi ĝemas tiukaze?“

„Mi ne konas kaŭzon, kial vi ne havu domon tute similan al tiu ĉi“, eĉ pli fajnan, se vi volus. Vi certe havas iom da mono ĉe vi, ĉu?“

„Mi havas kvindek dolarojn“, diris Keave, „sed domo kiel tiu ĉi kostas pli ol kvindek dolarojn.“

La viro ekkalkulis. „Estas bedaŭrinde, ke vi ne havas pli“, li diris, „ĉar tio estontece povos kaŭzi malfacilaĵojn al vi. Sed por kvindek dolaroj ĝi estu via.“

„La domo, ĉu?" demandis Keave.

„Ne la domo", respondis la viro, „sed la botelo, ĉar mi ankoraŭ devas diri al vi – kvankam mi ŝajnas tre riĉa kaj bonstata – ke mia tuta posedo kaj tiu ĉi domo kaj eĉ ties ĝardeno devenas nur de botelo, kiu havas kapaciton, kiu ne pli grandas ol duonlitro. Jen ĝi."

Nun li malfermis la seruron de kesto kaj elprenis rondan botelon kun longa kolo. La vitro estis blanka kiel lakto kaj ŝanĝiĝis per ĉiuj koloroj de la ĉielarko. En la interno iom moviĝis io obskura tiel, kiel ombro kaj fajro.

„Jen la botelo", diris la viro, kaj kiam Keave ridis, li demandis: „Ĉu vi ne fidas al mi? Tiukaze konvinku vin mem, provu, ĉu vi povos frakasi ĝin."

Tial Keave prenis la botelon kaj ĵetadis ĝin sur la plankon, ĝis li fariĝis laca, sed ĉiufoje ĝi saltis supren kiel ludpilko kaj restis sen damaĝo.

„Tio estas stranga aĵo", diris Keave, „ĉar tiukaze, se oni tuŝas ĝin kaj rigardas, ĝi estas ŝajne el vitro."

„El vitro ĝi estas", rimarkis la viro kaj ĝemis pli profunde ol iam ajn antaŭe. „Sed ĝia vitro estas formita el flamoj de la infero. Koboldo loĝas en ĝi. Kaj ĝi estas tiu ombro, kiu tie moviĝas, almenaŭ mi supozas tion. Se iu estas aĉetinta la botelon, tiu diablo estas je ties servo, kaj kion ajn la posedanto deziras – amon, famon, monon, domojn kiel tiun ĉi, aŭ eĉ urbon kiel tiun ĉi urbon – li havos ĉion ĉi, se la dezirvorto estas dirita. Napoleono havis tiun botelon, per ĝi li fariĝis la reganto de l' mondo, sed fine li vendis ĝin kaj renversiĝis. Kapitano Cook havis tiun botelon, kaj per ĝi li trovis la vojon al tiom da insuloj, sed ankaŭ li vendis ĝin kaj estis mortbatita en Havajo. Ĉar tiukaze, se vi vendos ĝin, via potenco kaj via protekto estos nuligitaj kaj malbone vi vivos, se vi tiam ne kontentiĝos pri tio, kion vi havos ekde tiam."

„Kaj tamen vi parolas pri tio vendi ĝin, ĉu?" Keave demandis.

„Mi havas ĉion, kion mi deziras kaj mi fariĝas pli kaj pli aĝa", respondis la viro. „Jen deziro, kiun la diableto ne povas plenumi – li ne povas plilongigi la vivon kaj estus malhoneste, se mi volus prisilentigi tion al vi, jen malavantaĝo de la botelo, ĉar tiukaze, se homo mortos antaŭ ol vendi la botelon, tiu homo devos bruli en la infero dum eterneco."

„Mi estas certa, ke tio estas malavantaĝo kaj ne nur eraro", vokis Keave. „Mi ne riskos tion. Mi povas ekzisti sen domo, danke al Dio. Sed estas io, kion mi ne povus elteni, kaj tio estas kondamniteco."

„Karulo, ne hastu tiom", respondis la viro. „Ĉio, kion vi devos fari estas uzi modeste la potencon de la diablo kaj poste vendi la botelon ĝustatempe al iu alia, tiel, kiel mi vendos ĝin nun al vi, por fini la vivon en komforto."

„Nu, en tiu kazo mi ne komprenas du aferojn", diris Keave.

„Vi ĉiam ĝemas kiel enamiĝinta virgulino, jen unu afero, kaj la alia, ke vi volas vendi tiun botelon por tre malalta prezo."

„Mi jam rakontis al vi, kial mi ĝemas", respondis la viro. „Mi ĝemas, ĉar mi timas, ke mia sano baldaŭ finiĝos, kaj kiel vi mem diras, estus ja damaĝo por ĉiu, se li devus iri al la diablo. Kial mi vendas ĝin tiom malkare, tion mi devas klarigi al vi, ĉar estas specialaĵo pri la botelo. Antaŭ longa tempo, kiam la diablo portis ĝin je la unua fojo surteren, ĝi estis eksterordinare multekosta, kaj je la unua fojo ĝi estis vendita por multaj milionoj da valorplenaj moneroj al Presber Johano, sed oni ne povas vendi ĝin lauplaĉe, sed nur kun monperdo. Se vi vendas ĝin por tiu prezo, kiun ĝi kostis al vi, ĝi revenos kiel hejma kolombo. Rezultiĝas el tio, ke la prezo dum la iro de la jarcentoj pli kaj pli falis, kaj nun ĝi sekve tion fariĝis tre malmultekosta. Mi aĉetis ĝin de unu el miaj grandaj najbaroj sur tiu ĉi monteto kaj la prezo, kiun mi pagis, estis nur naŭdek dolaroj. Mi povus vendi ĝin al vi por okdek naŭ dolaroj kaj naŭdek naŭ cendoj, sed eĉ ne unu cendon pli kare, ĉar tiukaze la botelo devus reveni al mi. Tamen la afero havas du ĝenaĵojn. Unue, se vi ofertas tian unikan botelon por nur okdek dolaroj, la homoj pensas, ke vi mistifikas ilin. Kaj krome – sed tio ne urĝas, kaj mi ne devas detaligi tion. Sed memortenu, ke ĝi devas esti vendata per kontanta mono."

„Ĉu vi ne trompas min?" demandis Keave.

„Unu detalon vi ja tuj povos elprovi", respondis la viro. „Donu al mi viajn kvindek dolarojn, prenu la botelon kaj deziru, ke la mono revenu en vian poŝon. Se tio ne okazos, mi promesas je mia honoro, ke mi nuligos la negocon kaj redonos al vi la monon."

„Kaj vi ne trompas min, ĉu?" demandis Keave.
La viro sankte ĵuris, ke ne.

„En ordo, tiom mi riskos, ĉar tio ne povus damaĝi min." Kaj Keave pagis sian monon al la viro kaj tiu transdonis la botelon al li.

„Diablo de la botelo, mi volas rehavi miajn kvindek dolarojn." Kaj tuj, kiam li estis dirinta tion, lia poŝo estis denove tiom peza, kiom antaŭe.

„Tio estas certa, ke ĝi estas botelo mirinda", diris Keave.

„Kaj nun bonan matenon, kamarado mia, kaj la diablo akompanu vin, anstataŭ min!"

„Haltu", vokis Keave. „Nun la ŝerco estu finita. Jen, reprenu vian botelon."

„Vi aĉetis ĝin por malpli ol mi pagis por ĝi", respondis la viro, frotante siajn manojn. „Nun ĝi estas via, kaj miaparte min koncernas nur plu vidi vian dorson." Kaj dum tio li eksonoris al sia ĉina servisto, por ke tiu konduku la viron Keave eksteren.

Tiam, kiam Keave estis denove sur la strato, kun la botelo subbrake, li pensis: „Se ĉio pri la botelo estas vera, mi faris minusnegocon. Sed eble la viro nur mistifikis min."

La unua, kion li faris, estis nombri sian monon. La sumo estis precize kvardek naŭ usonaj dolaroj kaj unu monero el Ĉilio. Tio aspektas kvazaŭ vera. Nun mi provos la alian detalon."

La stratoj en tiu parto de la urbo estis puraj kiel ŝipferdeko, kaj kvankam estis tagmezo, tie ne estis promenantoj. Keave metis la botelon en la stratdefluejon kaj foriris. Dufoje li turnis sin malantaŭen, kaj jen ankoraŭ staris la lakte kolora kaj larĝe rondigita botelo tie, kien li metis ĝin. Li turniĝis je tria fojo kaj iris en flankstraton. Kaj apenaŭ li faris tion, puŝiĝis io kontraŭ unu el liaj kubutoj. Jen vidu, estis la longa kolo de la botelo, kiu rektiĝis supren, kaj ĝia ronda botela korpo estis ŝtopita en lian pilotmantelon.

„Ŝajne tio estas efektive vera", diris Keave.

La sekva, kion li faris, estis aĉeti en magazeno korktirilon kaj retiriĝi al sekreta loko sur la kampoj. Tie li provis eltiri la korkon, sed tiom ofte, kiom li provis eltiri ĝin, la korko denove reglitis kaj la korko restis sendifekta.

„Tio estas nova speco de korko", diris Keave kaj subite li komencis tremi kaj ŝviti, ĉar li ektimis la botelon.

Sur sia revojo al la havenkvartalo li vidis magazenon, en kiu viro vendis de la pli sovaĝaj insuloj konkojn, klabojn, paganajn sanktaĵojn, malnovajn monerojn kaj bildojn el Ĉinio kaj Japanio kaj ĉion, kion la maristoj kunportas en siaj kestoj. Tie li ekhavis ideon. Li eniris kaj ofertis la botelon por cent dolaroj. Komence la viro en la magazeno ridis pri li kaj ofertis kvin; sed efektive, ĝi estis kurioza botelo. Tian vitron ankoraŭ neniu vitristo blovformis en iu ajn homa vitrofarejo, tre bele trembrilis la koloroj malantaŭ la lakte kolora blanko kaj tre stranga ombro ŝvebis en la mezo. Marĉandinte dum certa tempo, kiel tio estas kutima je tiaj homoj, la komercisto donis sesdek arĝentajn dolarojn por la aĵo kaj metis ĝin sur bretaron en la mezo de la montrofenestro.

„Nu", parolis Keave, „tiukaze mi do vendis ĝin por sesdek dolaroj, kvankam mi aĉetis la botelon por kvindek, do, por diri la veron, eĉ por iom pli, ĉar unu el miaj dolaroj estis monero el Ĉilio. Nun mi foje volas trovi la veron pri la alia afero."

Poste li reiris al la ŝipo, kaj kiam li malfermis sian maristan keston, kuŝis tie la botelo, sekve tion ĝi revenis pli rapide ol li mem.

Keave havis sur la ŝipo maaton, kiu nomiĝis Lopa-ka.

„Kion celas vi? Kial vi fikse rigardas al via kesto?" Ili estis solaj en la antaŭferdeko kaj Keave devigis lin silenti pri la afero kaj poste li rakontis ĉion.

„Tio estas tre stranga afero", diris Lopaka, „kaj mi timas, ke la botelo ankoraŭ enkaĉigos vin. Sed unu afero estas tute klara. Ĉar tutcerte vi havos ĉagren-on, vi utiligu ankaŭ la negocon. Pripensu tion, kion vi volas havi. Sciigu viajn dezirojn, kaj se la diableto faros tion, kion vi estos ordoninta al li, mi aĉetos la

botelon mem de vi, ĉar mi volus havi propran skun-
on kaj ekkomerci sur la insuloj."

„Tio ne estus prefero mia", diris Keave. „Sed mi
volas posedi belan domon kaj ĝardenon sur la
bordo de Kona, tie, kie mi estas naskita, kun sun-
radioj, kiuj radias tra la pordo, kun floroj en la ĝar-
deno, kun vitrofenestroj, kun bildoj sur la muroj kaj
ludiloj kaj fajnaj tapiŝoj sur la tabloj kaj nepre tian,
kia la domo, kiun mi vidis hodiaŭ – nur kun etaĝo
pli alta, kaj ĉie kun balkonoj, tiel, kiel en la reĝa
palaco, por vivi en ĝi sen afliktoj kaj por ĝoji pri la
vivo kun miaj amikoj kaj parencoj."

„En ordo", diris Lopaka, „ni kunprenu ĝin al Ha-
vajo, kaj se ĉio ĉi plenumiĝos tiel, kiel vi supozas,
mi aĉetos la botelon, tiel, kiel mi jam diris, kaj
deziros al mi la skunon."

Pri tio ili interkonsentiĝis, kaj ne daŭris longan
temon, ĝis kiam la ŝipo reveturis al Honoluluo, kun
Keave, Lopaka kaj la botelo. Ili apenaŭ surbordiĝis,

kiam ili renkontis amikon sur la bordo, kiu kondolencis Keavon.

„Mi ne scias, kial vi kondolencas min", diris Keave. „Ĉu tio eblas, ke vi ankoraŭ ne aŭdis tion?" diris la amiko,„via onklo – tiu bona maljuna viro – mortis kaj via kuzo, tiu belaspekta knabo, dronis en la maro."

Keave profunde afliktiĝis, li komencis plori kaj plendi kaj forgesis la botelon. Sed Lopaka pensis siamaniere, kaj tuj, kiam la aflikto de Keave ekmalpliiĝis, li diris: „Mi pripensis la sekvan, ĉu via onklo eventuale havis terposedojn en Havajo, en la distrikto de Kaŭ?"

„Ne", diris Keave, „ne en Kaŭ, ili estas sur la montara flanko iom pli sude de Hookena."

„Tiuj terposedoj nun apartenos al vi, ĉu?"

„Pri tio mi certas", respondis Keave kaj li denove plendis pri la perdo de siaj parencoj.

„Ne", diris Lopaka, „ne lamentu, ĝuste en tiu ĉi momento, mi havas ideon. Kiel tio estus, se ĉi tion kaŭzis la botelo? Jen do la preta loko por via domo."

„Se tio estus tiel", kriis Keave, „la diablo ofertis aĉan servon al mi per tio, ke li murdis miajn parencojn. Sed efektive povus esti, ke vi pravas, ĉar ĝuste tiel aspektis la loko, sur kiu mi imagis mian domon mense per miaj okuloj."

„Sed la domo ankoraŭ ne estas konstruita", diris Lopaka.

„Ne, kaj tio verŝajne ankaŭ ne okazos", diris Keave, „ĉar spite tion, ke mia onklo kultivis iom da kafo, kavaon kaj bananojn, ĝi nur iomete komfortigos min, ĉar la restaĵo de la terposedo estas nigra lafo."

„Ni iru al la advokato", diris Lopaka. „Mi havas la penson ankoraŭ nun en mia kapo."

Kiam ili poste alvenis la advokaton, montriĝis, ke la onklo de Keave monstre riĉiĝis en la lastaj tagoj kaj postlasis fonduson.

„Kaj tio estas do la mono por via domo!" kriis Lopaka.

„Se vi pensas pri via nova domo", diris la advokato, „mi donos al vi la vizitokarton de nova arkitekto, pri kiu oni aŭdas frapajn sciigojn."

„Fariĝas pli kaj pli bone", kriis Lopaka. „La tuta vojo jam estas ebenigita al ni. Ni do daŭrigu la obeadon de la ordonoj."

Tial ili iris al la arkitekto kaj tiu havis desegnojn de domoj sur sia tablo.

La arkitekto demandis: „Vi volas havi ion eksterordinaran, ĉu?"

„Kiel plaĉas tio ĉi al vi?" kaj li transdonis desegnon al Keave.

Apenaŭ Keave ekvidis la desegnon, li ekkriis laŭte, ĉar ĝi estis desegno de lia domo ĝuste tiel, kiel li imagis ĝin.

„Mi estas por la domo, mi pensas, kvankam ne plaĉas al mi la maniero, kiel mi ricevos ĝin, sed mi ĝin posedos, ĉu mi volas, ĉu ne, kaj mi akceptu do kun la malicaĵoj ankaŭ la bonaĵojn."

Tial li rakontis al la arkitekto ĉiun el siaj deziroj kaj diris al li, kiel li volas havi meblita la domon kaj li menciis la bildojn sur muroj kaj la ornamitajn surtablajn figuretojn kaj li demandis la viron senkaŝe, por kiom da mono li transprenos la tutan aferon.

La arkitekto multe demandis, prenis sian krajonon kaj faris kalkuladon, kaj kiam li estis preta, li nomis ekzakte la sumon, kiun heredis Keave.

Lopaka kaj Keave rigardis sin reciproke kaj kapjesis.

„Estas tute evidente, ke mi posedu tiun domon“, pensis Keave, „ĉu mi volas ĉu ne. Ĝi venas de la diablo, kaj mi timas, ke min atendos apenaŭ io bona. Sed pri unu afero mi certas: mi deziros nenion plu de la botelo, tiom longe, kiom mi posedos tiun botelon. Sed la domon mi havos surnuke, kaj mi akceptu la bonan parton kun la malica.“

Tiel li interkonsentiĝis kun la arkitekto kaj ili subskribis kontrakton. Keave kaj Lopaka denove surŝipiĝis kaj forvelis al Aŭstralio, ĉar ili priparolis inter si, ke ili ne enmiksiĝu, sed lasu konstrui kaj aranĝi lauplaĉe la domon de la arkitekto kaj de la botelodiablo.

La vojaĝo estis sukcesa, sed Keave apenaŭ diris vorton dum la tuta tempo, ĉar li ĵuris ne plu deziri ion kaj ne plu profiti de la diablo. La tempo por la konstruado estis finita, kiam ili revenis. La arkitekto sciigis al ili, ke la domo estas preta kaj Keave kaj Lopaka entreprenis vojaĝon al Kona per la ŝipo „Hall“, ili eliris tie por rigardi la domon kaj por observi, ĉu ĉio estas farita laŭ la pensoj de Keave.

Jen la domo staris sur la montoflanko kaj estis rigardebla de la ŝipo. Supre la arbaro leviĝis ĝis la pluvnuboj; malsupre etendiĝis la nigraj lafaj klifoj, tie, kie antaŭtempe la malnovaj reĝoj estis entombigataj. En la domĝardeno floris la floroj ĉiukolore kaj maldekstre troviĝis papajofrukta ĝardeno kaj dekstre panfruktarba ĝardeno kaj antaŭe leviĝis ŝipmasto kun flago. La trietaĝa domo mem havis ampleksajn ĉambrojn, al ĉiu apartenis granda balkono. La fenestroj estis el vitro kaj tiel altkvalitaj, ke ili estis tiel klaraj kiel akvo kaj tiel helaj kiel tago. Ĉiuj specoj de mebloj ornamis la ĉambrojn. Pentraĵoj pendis je la muroj en oraj kadroj, bildoj de ŝipoj, de batalantaj viroj, plej belaj inoj kaj unikaj pejzaĝoj. Nenie en la mondo estas la bildoj tiel helaj kaj koloraj, kiel la trovitaj en la domo de Keave. Kaj la ornamitaj figuretoj estis tute eksterordinaraj: tintantaj horloĝoj kaj muzikskatoloj, malgrandaj viroj kapjesantaj, libroj plenaj de ilustraĵoj, valorplenaj armiloj el la tuta mondo kaj plej elegantaj puzloj por plezurigi solecan viron dum ripozo. Tiel, kvazaŭ neniu loĝus en tiaj ĉambroj, sed nur tramigrus ilin por rigardi ĉion, la balkonoj estis tiel vastspace konstruitaj, ke sur ili tuta urbo kun plezuro trovus lokon. Keave ne sciis kion preferi, ĉu la verandon malantaŭan, kie oni estas elmetita al tere interna brizo kaj havas rigardon al la frukt-ĝardenetoj kaj al la florĝardeno, ĉu al la balkona fronto, kie oni povas spiri kvazaŭ glutante la maran venton kaj rigardi trans la krutan vandon de la monto al la ŝipo „Hall", kiu preterpasas unufoje aŭ dufoje dum semajno inter Kookena kaj la montetoj de Pele, aŭ la skunojn, kiuj regule preterveturas laŭ la bordo por ŝarĝi kaj transporti lignon, kavaon kaj bananojn.

Rigardinte ĉion, Keave kaj Lopaka sidiĝis sur la verandon.

„Nu, ĉu ĉio estas tia, kia vi imagis ĝin?" demandis Lopaka.

„Vortoj ne povus esprimi tion", diris Keave, „Ĝi estas pli bona ol mi revis, mi estas tute beata."

„Sed unu afero estas ankoraŭ konsiderinda", diris Lopaka. „Ĉio ĉi eble okazis tamen tute laŭnature, kaj la botelodiablo tute ne havas rilaton al tio. Se mi aĉetus la botelon kaj ne ricevus la skunon, mi vane estus metinta manon en la fajron. Mi promesis tion al vi, mi scias, sed mi tamen pensas, ke vi ne rifuzu doni almenaŭ unu pruvon al mi."

„Mi ĵuris, ke mi ne plu havigos avantaĝojn de la botelo al mi, mi jam falis sufiĉe profunde", diris Keave.

„Tio ne estas avantaĝo, pri kiu mi pensas", diris Lopaka. „Temas nur pri tio, ke mi vidu la koboldon mem. Jen nenio gajneblus per tio kaj do ankaŭ nenio, pri kio oni devus honti, kaj tamen, se mi unufoje vidus lin, mi povus esti certa pri la afero. Do indulgu min kaj lasu min rigardi la diablon, post tio mi aĉetos ĝin, jen la mono en tiu ĉi mano."

„Jen nur unu afero, kiun mi timas", diris Keave. „La diablo povus estis tre naŭza, se oni vidas lin, kaj se vi foje estos rigardinta lin, vi povos esti tre malin-klina akiri la botelon."

„Mi estas viro, kiu tenas siajn promesojn", diris Lo-paka. „Jen la mono metita inter nin."

„Tre bone", diris Keave. „Mi estas scivola. Do, *Mr.* Diablo, lasu vin foje rigardi."

Tuj kiam tio estis dirita, la diablo rigardis el la bo-telo kaj poste malaperis tiel rapide kiel lacerto. Kea-ve kaj Lopaka sidis kvazaŭ ŝtonigitaj. Fariĝis jam nokto antaŭ ol ambaŭ kapablis ion diri kaj ekparoli. Tiam Lopaka ŝovis la monon transen al Keave kaj prenis la botelon.

„Mi estas viro, kiu tenas siajn promesojn", diris Lopaka, „kaj se mi ne estus tia, mi tuŝus la botelon eĉ ne per piedo. En ordo, mi ricevos mian skunon kaj dolaron aŭ du da ili en mian poŝon, kaj tiam mi liberigos min de la diablo tiom rapide, kiom tio eblos. Por diri al vi la tutan veron, lia aspekto tiris min teren."

„Lopaka", diris Keave, „ne pensu pli aĉe pri mi ol necesas. Mi scias, ke estas nokto kaj la vojoj aĉaj, kaj ke ne estas bona ideo preteriri tombejon, aĉan lokon, tiom malfrue, sed mi devas diri, ke de tiu momento, kiam mi vidis tiun malgrandan vizaĝon, mi povas nek manĝi, nek dormi nek preĝi, tiom longe, kiom mi scios, ke ĝi estas en mia proksimo. Mi donos lanternon al vi kaj korbon por la botelo kaj iun bildon aŭ raraĵon el mia domo, kiu vekis vian plaĉon – sed tuj ekiru kaj dormu en Hookena ĉe Nahinu."

„Keave", diris Lopaka, „multaj viroj malbone akceptus tion, ke mi foriru, speciale tial, ĉar mi tiel amikece penis teni mian promeson kaj aĉetis la botelon, spite al la cirkonstanco, ke la nokto kaj la tenebro kaj la vojo preter la tomboj estas dekfoje pli danĝera por viro, kies konsciencon ŝargas pekoj kaj tia botelo ĉe brako. Sed mi estas mem tiom ekstreme terurigita, ke mi ne havas la koron riproĉi vin. Nun mi do ekiros kaj preĝos al Dio, ke vi estu feliĉa en via domo kaj ankaŭ mi kun mia skuno, kaj, ke ni ambaŭ fine tamen ankoraŭ alvenu en la ĉielon, spite al la diablo kaj ties botelo."

Tiel Lopaka foriris malsupren de la monto kaj Keave staris sur sia frontbalkono kaj aŭskultis la klakadon de la ĉevalhufoj kaj rigardis la lanternon, kiu prilumis la vojon malsupren kaj la klifojn de la kavernoj, kie la praaj antaŭuloj estas entombigitaj, kaj dum la tuta tempo li tremis kaj kunfaldis siajn manojn kaj preĝis por sia amiko kaj gloris Dion, ke li mem estis eskapinta de tiu mizera afero.

Sed la sekva tago komenciĝis tre hele kaj lia nova domo aspektis tiel superba, ke li forgesis sian teruriĝon. Sinsekvis la tagoj kaj Keave loĝis tie ŝajne en seninterrompa ĝojo. Lia preferata loko estis sur la malantaŭa verando, tie li manĝis kaj vivis kaj legis la rakontojn en la Honoluluo-gazetoj. Sed, se iuj volis preteriri, ili tamen eniris kaj rigardis la ĉambrojn kaj la bildojn. Kaj la domo fariĝis fama eĉ malproksime. Oni nomis ĝin en tuta Kona KA—HALE NUI, Granda Domo kaj ĉeokaze ankaŭ: Pura Domo. Keave dungis ĉinon, kiu de matene ĝis vespere forigadis polvon kaj poluradis la meblojn. Tial la vitraĵoj, la oro, la fajnaj ŝtofoj kaj la bildoj brilis hele kiel mateno. Kaj Keave mem ne povis iri tra la ĉambroj sen kanti, lia koro pli vastis, kaj kiam surmare preterveturis ŝipo, li hisis sian flagon je la masto.

Tiel la tempo pasis, ĝis kiam Keave iutage vojaĝis por viziti siajn amikojn kaj flegi amikecojn en Kailua. Tie oni bone regalis lin, sed je la sekva mateno li foriris tiel rapide, kiel tio eblis kaj rajdis streĉe, ĉar urĝis lin revidi sian belan domon; kaj krome proksimiĝis la nokto, en kiu ĉe Kona la mortuloj el longe pasintaj tempoj vagadas; kaj ĉar li jam havis kontakton kun la diablo, li eĉ pli memgardis ne renkonti mortintojn. Tuj post Honaunau, rigardante foran horizonton, li ekvidis inon, kiu banis sin plaĝe de la maro, kaj ŝajne ŝi estis bele kreskinta junulino, sed li ne atentis ŝin. Poste li ekvidis flirti ŝian blankan subĉemizon, kiam ŝi surmetis ĝin, kaj poste ŝian tre longan ruĝan robon, nomata holokuo* en Havajo. Kaj kiam li aperis fronte de ŝi, ŝi estis fininta sian vestaranĝon kaj suprenvenis de la maro kaj staris ĉe la vojrando en sia ruĝa robo. Ŝi estis tute freŝigita per la banado kaj ŝiaj okuloj brilis kaj rigardis afable. Tuj kiam Keave ekvidis ŝin, li haltigis per la bridilo sian ĉevalon.

„Mi pensis, ke mi konas ĉiun en tiu ĉi regiono", li diris. „Kiel okazis, ke mi ne konas vin?"

„Mi estas Kokua, la filino de Kiano", diris la knabino, kaj mi ĝuste revenis de Oahu. Kiu estas vi?"

„Mi tion rakontos al vi," diris Keave, dum li deseliĝis. „Sed ne tuj. Ĉar mi pensas tiel: se vi scius, kiu mi estas, vi certe aŭdis ion pri mi, kaj ne respondus honeste. Sed diru al mi unue la sekvan: Ĉu vi estas geedziĝinta?"

Pri tio Kokua laŭte ekridis. „Ĉu estas vi tiu, kiu metas demandojn?" ŝi redemandis. „Ĉu vi mem estas geedziĝinta?"

„Efektive, mi ne estas, Kokua", respondis Keave, „kaj ĝis ĉi tiu horo mi eĉ ne pensis pri tio. Sed nun la tuta vero. Mi renkontis vin ĉi tie vojrande, mi vidis viajn okulojn, kiuj estas kiel steloj, kaj mia koro flugis al vi tiel rapide, kiel birdo. Do, se vi tute ne ŝatas min, diru tion, kaj mi reiros al mia propra hejmo; sed tiukaze, se vi ne trovas min pli aĉa ol iun alian junan viron, tuj diru tion kaj mi iros kun vi al via patro, kaj matene mi interparolos kun la bona viro."

Kokua ne diris ion, sed rigardis al la maro kaj ridis.

„Kokua," diris Keave, „se vi diras nenion, mi akceptos tion kiel konsentan respondon; ni do marŝu al la pordo de via patra domo."

Ŝi avancis fronte de li, ankoraŭ nun sen diri ion; sed de tempo al tempo ŝi retrorigardis al li kaj poste deturniĝadis, tenante la rubandojn de sia ĉapelo en la buŝo.

Tiam, kiam ili atingis la dompordon, Kiano elpaŝis sur la verandon kaj kriis nomon kaj bonvenigis Keave-on. Ĉimomente la knabino turnis la rigardon, ĉar la famo de la Granda Domo atingis ŝiajn orelojn; kaj certe ĝi estis granda granda tento. La tutan vesperon ili estis ĝojaj kune kaj la knabino petoladis kaj aŭdacis antaŭ la okuloj de siaj gepatroj, kaj mokadis la viron Keave, ĉar ŝi estis rapidsprita. Je la sekva tago Keave interparolis kun Kiano, kaj poste li trovis la knabinon sola.

„Kokua," li diris, „vi mistifikis min dum la tuta vespero; kaj ankoraŭ ne estas tro malfrue por forsendi min. Mi ne volis diri al vi, kiu mi estas, ĉar mi havas tiom belan domon kaj mi timis, ke vi povus pensi tro pri la domo kaj maltro pri la viro, kiu amas vin. Nun vi scias ĉion, kaj se vi deziras, ke mi foriru, diru tion tuj."

„Ne," diris Kokua; sed ĉifoje ŝi ne ridis, kaj Keave siavice ne demandis ion plian.

Tio estis la fianĉiĝa peto de Keave; la afero disvolviĝis tiel rapide kiel flugas sago, sed kvankam sago flugas, aŭ fusilkuglo eĉ pli rapidas, ambaŭ povas trafi celon. La afero okazis rapide, kaj li eĉ tre sukcesis, ĉar la penso pri Keave firmkroĉiĝis en la kapo de la knabino; ŝi aŭdis lian voĉon en la bruado de la surfoj kontraŭ la lafaj rokoj, kaj por tiu juna viro, kiun ŝi vidis nur dufoje, ŝi estus foirinta eĉ de la gepatroj kaj de sia hejminsulo. Kaj ankaŭ la ĉevalo de Keave flugis sur la montopado malsupre de la klifaj kaverntomboj kaj la hufklakado kaj la plezura kantado eĥis en la kavernoj de la mortintoj. Li venis al la Granda Domo kaj kantis ankoraŭ tiam. Li sidis kaj manĝis en vasta balkono kaj la ĉino miris pri tio, ke lia mastro kantis inter la manĝomordoj. La suno sinkis en la maron, la nokto komenciĝis kaj Keave migris sur la balkonoj ĉe la lampolumoj supre surmonte kaj lia kantovoĉo surprizis la virojn sur la ŝipoj.

„Jen mi do nun atingis la vivkulminon", li diris al si mem. „Pli agrabla la vivo ne povus esti, tio estas la montopinto, kaj de nun ĉio nur povas pli malboniĝi ĉirkaŭ mi. Nun mi volas eklumigi je la unua fojo la ĉambrojn kaj bani min en mia superba banejo kun varmega kaj frida akvoj kaj dormi sola en la lito de mia fianĉoĉambro."

Laŭ tio la ĉino ricevis ordonojn post la vekiĝo kaj ekbruligis la fornojn; kaj kiam li laboris sube apud la kaldronoj, li aŭskultis kanti kaj ĝoji sian mastron en la lumigataj ĉambroj. Kiam la akvo fariĝis varmega, vokis lin la ĉino kaj Keave venis al la banĉambro; kaj la ĉino aŭdis lin kanti dum plenigis sin la marmorbaseno; kaj li aŭdis lin, kiam Keave sin senvestigis, ĝis kiam subite finiĝis la kantado. La ĉino aŭskultis kaj aŭskultis kaj vokis supren al Keave por demandi, ĉu ĉio estas en ordo. Kaj Keave respondis al li: „Jes“, kaj li petis lin enlitiĝi; sed ne plu estis kantado en la Granda Domo; kaj dum la tuta nokto la ĉino aŭdis la senpaŭzajn rondirajn paŝojn de sia mastro sur la balkonirejo.

Sed la vero estis: kiam Keave demetis la vestojn por bani sin, li vidis sur sia korpo makulon aspektantan kiel likeno sur roko, jen la momento, kiam la kantado finiĝis; ĉar Keave konis tiajn aferojn kaj sciis, ke li difektiĝis per la Ĉina Malico, per lepro.

Estas ja malĝojiga afero por iu ajn viro ekhavi lepron. Kaj estus malĝojiga por iu ajn devi forlasi domon tian belan kaj komfortan kaj devi adiaŭi sin de ĉiuj siaj amikoj, por transloĝiĝi al la norda bordo de Molokai inter la gigantajn klifojn kaj surfojn. Sed kiom suferiga bato tio estis en la kazo de Keave; li, kiu trovis sian amon nur hieraŭ kaj gajnis ĝin je mateno kaj nun vidis disrompi ĉiujn siajn esperojn dum unu momento, kiel vitropeco.

Certan tempon li sidis sur la rando de la bankuvo, poste li eksaltis kun krio kaj kuris eksteren, kaj tien kaj tien, laŭ la balkono, kiel desperanto.

„Tute volonte mi povus forlasi Havajon, la hejm-landon de mia patro", pensis Keave. „Tute facil-anime mi povus forlasi mian domon, la alte situ-antan kaj multfenestran, ĉi tie sur la montoj. Tute kuraĝe mi povus iri al Molokai, al Kalaupapa ĉe la klifoj, por vivi inter la ekskluditoj kaj dormi tie, malproksime de miaj patroj. Sed kion malĝustan mi faris, kiu peko ŝarĝas mian animon, ke mi ren-kontis Kokuan, kiam ŝi vespere refreŝigite paŝis el la akvo? Kokua, la enirintino de mia animo! Kokua, la lumo de mia vivo! Mi neniam edziĝos al ŝi, mi neniam plu rigardos ŝin, mi neniam plu tuŝos ŝin permane; estas tial, estas pro vi, ho, Kokua, ke mi tiom lamentas!"

Nun oni do vidas, kia homo estis Keave, ĉar li estus povinta loĝi ankoraŭ dum jaroj en la Granda Domo, kaj neniu divenus ion pri lia malsano. Sed tio estus sen valoro por li, se li devus perdi la amatinon. Kaj krome li estus povinta edzinigi ŝin; kaj tiom da viroj farus tion, ĉar ili havas la animojn de porkoj; sed Keave amis la knabinon kiel viro kaj tial li ne volis dolorigi ŝin kaj ne elmeti ŝin al iu danĝero.

Tuj post noktomezo li ekmemoris la botelon. Li iris al la verando kaj revokis la tagon, kiam la diablo elrigardis de la botelo kaj dum tiu penso glaciiĝis liaj vejnoj.

„Timiga aĵo estas tiu botelo", pensis Keave, „timiga estas ankaŭ la diablo, kaj estas timige riski la flamojn de la infero. Sed kian alian esperon mi havas por saniĝi kaj edzinigi Kokuan? Ja kian?! Ĉu mi defiis la diablon nur por havi domon kaj ne por alfronti lin je dua fojo por gajni ŝin?"

Dum tio li rememoris, ke estos sekvatage, kiam la skuno „Hall" preterveturos dum la reveturo al Honoluluo.

„Tien mi devos iri unue", li pensis, „por renkonti Lopakan; la plej granda espero, kiun mi momente havas, estas retrovi tiun botelon, de kiu mi liberigis min tiel plezure."

Eĉ ne iomete li povis dormi; la manĝo firmkroĉiĝis en lia gorĝo, sed li sendis leteron al Kiano, kaj kiam estis tempo por la alveno de la vaporŝipo, li rajdis malsupren preter la klifoj de la tomboj. Pluvis, lia ĉevalo paŝis peze, li rigardis supren al la nigraj buŝoj de la kavernoj, kaj enviis la mortulojn, kiuj dormas tie kaj liberas de ĉiuj zorgoj; kaj li rememoris, kiel li galopis supren sur la monton nur tagon antaŭe, kaj li miris. Tiel li descendis al Hookena, kaj tie la tuta loĝantaro de la regiono kolektiĝis pro la vaporŝipo kiel kutime. Sub la protektejo antaŭ la magazeno la homoj sidis kaj ŝercis kaj interŝanĝis novaĵojn; sed estis tute neniu parolemo en la brusto de Keave. Kaj li sidis en ilia mezo, rigardis en la pluvon, kiu falis ekstere sur la domojn, kaj al la ondegoj, kiuj frapadis la rokojn, kaj ĝemado leviĝis en lia gorĝo.

„Keave de la Granda Domo estas tute apatia" diris iu el la aliaj. Efektive, tiel estis, kaj tute ne estis miraklo.

Poste venis la ŝipo ‚Hall', borda remboato transportis lin tien. Pobe ferdeke troviĝis multaj blankuloj, kiuj vizitis la vulkanon kiel kutime, mez-ŝipe estis kanakoj, kaj la antaŭŝipo estis ŝarĝita per sovaĝaj bovoj el Hilo kaj ĉevaloj el Kaŭ, sed Keave sidis aparte de ĉiuj kun sia koraflikto kaj elrigardis pro la domo de Keano. Jen ĝi aperis, proksime de la bordo inter la nigraj rokoj kaj en la ombro de la kokospalmoj, kaj ĉe la enirpordo estis ŝi kun la ruĝa holokuo, kiu vidate de li ne estis pli granda ol muŝo kaj ŝi iradis tien kaj tien kun muŝa vigleco.

„Ha, reĝino de mia koro," li kriis, „Mi riskos mian animon, amata, por gajni vin!"

Baldaŭ poste tenebriĝis, la kajutoj estis iluminataj, la blankuloj sidiĝis, ludkartis kaj trinkis viskion, tiel, kiel ili kutime faras; sed Keave migradis dum la tuta nokto sur la ferdeko kaj la tutan sekvan tagon, kiam ili vaporveturis jam lee** de la insuloj Maui aŭ Molokai, li ankoraŭ tiam paŝadis kiel sovaĝa besto en menaĝerio.

Kiam vesperiĝis, ili pasis Diamantan Kabon kaj venis al la kajo de Honoluluo. Keave deŝipiĝis kun la aliaj kaj komencis demandi pri Lopaka. Ŝajne li fariĝis la posedanto de skuno – eĉ de la plej impresa havigebla skuno en tiu regiono – kaj li faris aventuroveturon al Pola-Pola aŭ Kahiki; tial de Lopaka ne havigeblis helpo. Keave rememoris pri unu el ties amikoj, certa advokato en la urbo, (kies nomon mi prefere ne menciu) kaj li enketis pro li. Oni diris, ke li subite fariĝis riĉa kaj havas belan novan domon ĉe la bordo de Waikiki; kaj tial Keave havis la ideon voki taksion, kiu veturigos lin al la domo de la advokato.

La domo estis tute nova, kaj la arboj en la ĝardeno ne estis pli grandaj ol promenbastonoj, kaj la advokato, alvenante, aspektis laŭmiene kiel tre kontenta viro.

„Kiel mi povas servi vin?" diris la advokato.

„Vi estas amiko de Lopaka", respondis Keave, „kaj Lopaka aĉetis de mi certan aĵon, pri kiu mi pensas, ke vi povus helpi trovi ĝin al mi."

La vizaĝo de la advokato fariĝis tute morna. „Mi ne asertas, ke mi ne komprenas vin, sinjoro Keave, kvankam tio estas aĉa afero levi memorojn pri tiu aĵo. Estu certa, ke mi scias nenion konkretan, kaj tamen mi supozas, ke tiukaze, se vi demandus en certa regiono, vi supozeble eksciis novaĵojn."

Kaj li diris la nomon de viro, kiun mi prefere ne ripetos. Tiel tio okazadis dum tagoj kaj Keave kuradis de unu al la alia, trovis ĉie novajn vestojn kaj veturilojn, kaj belajn novajn domojn kaj ĉie virojn tre kontentajn; sed tuj kiam li aludis sian aferon, malheliĝis iliaj vizaĝoj.

„Sendube mi estas sur la ĝusta spuro", pensis Keave. „Tiuj novaj vestoj kaj veturiloj estas ĉiuj la donacoj de la eta diablo, kaj tiuj glataj vizaĝoj estas vizaĝoj de viroj, kiuj uzis sian avantaĝon kaj poste bonŝance liberigis sin de la damnita botelo. Se mi vidos palajn vangojn kaj aŭdos suspirojn, mi scios, ke mi proksimas al la botelo."

Tiel okazis fine, ke li estis rekomendata al blankulo en la Beritania strato. Kiam li venis al la pordo je la vespermanĝa tempo, li trovis la kutimajn signojn de nova domo, novan ĝardenon kaj elektran lumon radiantan tra fenestraj vitroj; sed kiam la posed-anto aperis, trakuris esperiga ŝoko la viron Keave; ĉar antaŭ li estis junulo morte pala, kun nigraj ringoj sub la okuloj, kun taŭzita hararo kaj kun tia mieno, kian havas viro, kiun atendas la pendumilo.

„Ĉi tie ĝi estas kun certo," pensis Keave, kaj tial li tuj rekte parolis al li. „Mi venis por aĉeti la botelon."

Aŭdinte tion, la juna blankulo de la Beritania strato apogis sin al muro.

„La botelo!" li diris spiregante. „Por aĉeti la botelon!" Poste li ŝajnis sufokiĝi, kaj brake kaptante Keave-on, li kondukis lin en ĉambron kaj elverŝis vinon en du glasojn.

„Je via sano", diris Keave, kiu ofte renkontis blankulojn en la pasinta tempo. „Jes", li aldonis, „mi venis por aĉeti la botelon. Kiom ĝi nun kostas?"

Dum tiu frazo falis la glaso elmane de la juna viro, kaj li rigardis al Keave, kvazaŭ li estus fantomo.
„La prezo", li diris, „la prezo! Ĉu vi ne konas la prezon?"

„Mi ja demandis vin pri tiu," obĵetis Keave. „Sed kial vi estas tiom konsternita? Ĉu io ne laŭordas pri la prezo?"

„Ekde via tempo la prezo tre malpliiĝis, Mr. Keave", balbutis la juna viro.

„En ordo, en ordo des malpli mi devos pagi por ĝi. Kiom ĝi kostis al vi?"

La juna viro estis blanka kiel paperfolio. „Du cendojn", li diris.

„Kiom?" kriis Keave, „du cendojn? Tial vi do povos vendi ĝin nur por unu cendo. Kaj tiu, kiu prenos ĝin …" La vortoj mortis sur la lango de Keave; se oni aĉetus ĝin, oni neniam povus vendi ĝin denove. La botelo kaj la botelodiablo devus resti ĉe la aĉetinto, kaj post la morto de la posedanto oni devus konduki lin en la ruĝan inferon.

La juna viro de la Beritania strato falis sur siajn genuojn. „Pro Dio, aĉetu la botelon!" li kriis. „Mi krome donos al vi mian tutan posedon por tiu marĉando. Mi estis freneza, kiam mi aĉetis ĝin por tiu prezo. Mi defraŭdis monon en mia magazeno; aliokaze mi estus perdita kaj punita per prizono."

„Kompatinda ulo", diris Keave, „vi riskis vian animon per tia desperplena aventuro kaj por eviti la laŭordan punon pro via fia ago; kaj vi pensas, ke mi povus heziti, kvankam temas pri amo. Donu al mi la botelon kaj la ŝanĝmonon, kiun vi certe jam tenas preta. Jen la kvincendo."

Estis tiel, kiel Keave supozis; la juna viro havis la ŝanĝmonon en tirkesto; la botelo ŝanĝis la posedanton kaj Keave apenaŭ ĉirkaŭprenis perfingre la botelan kolon, kiam li jam elspiris la deziron esti sana viro. Efektive, kiam li estis hejme, li senvestis sin antaŭ spegulo en sia ĉambro. Jen lia haŭto efektive aspektis tiel, kiel tiu de infano. Sed nun okazis stranga afero: apenaŭ li vidis la miraklon, ŝanĝiĝis lia animstato, kaj li subite tute fajfis pri la naŭzo pro la lepro, kaj ankaŭ Kokua apenaŭ plu interesis lin; kaj li havis de tiam nur la penson, ke li nun kaj por eterne estos ligita al la botelodiablo kaj, ke li plej bonŝance povas esperi fariĝi eterna cindrero en la flamoj de la infero.

Antaŭ si li jam vidis flagri ilin en sia imago. Kaj lia animo kunŝrumpis kaj tenebro falis sur la lumon.

Kiam Keave iom rekonsciiĝis, li memoris, ke estos ĉinokte, kiam ludos la orkestro en la hotelo. Tien li nun iris, ĉar li timis esti sola; kaj tie, meze de la feliĉaj vizaĝoj, li migris tien kaj tien, kaj aŭdis ŝvebi supren- kaj malsupren la melodiojn kaj vidis, kiel Berger direktis la takton, kaj ĉiam denove li aŭdis kraketi la flamojn kaj vidis bruli la ruĝan fajron en la sengrunda foskaptila infero. Subite la orkestro ludis la muzikaĵon HIKI-AO-AO; jen kanto, kiun li kantis kun Kokua, kaj ĉe tiuj sonoj revenis la kuraĝo al li.

„La paŝo estas refarita", li pensis, „kaj je plia fojo mi akceptu la bonan parton kun la malica."

Tiel do okazis, ke li revenis kun la vaporŝipo al Havajo, kaj tiel rapide kiel tio eblis, okazis nun la nupto kun Kokua. Li kondukis ŝin montoflanke al la Granda Domo.

Tiam estis kun la paro tiel, ke la koro de Keave trankviliĝis, se ili kunestis; sed tuj kiam li estis sola, li falis en hororan cerbumadon kaj aŭdis la kraketadon de la flamoj kaj vidis bruli la ruĝan fajron en la sengrunda foskaptila infero. La knabino, efektive tute sin dediĉis al li; ŝia koro saltadis ĉe lia flanko, ŝiaj manoj unuiĝis kun liaj; kaj ŝi aspektis tiel plaĉa de la hararo ĝis la ungoj de la piedfingroj, ke neniu povis rigardi ŝin sen ĝojo. Ŝi estis ĉarma laŭ naturo. Ŝi ĉiam tenis preta la ĝustajn vortojn. Plena de kantoj ŝi estis. Kaj ŝi iris tien kaj tien en la Granda Domo, ŝi estis la plej brila estaĵo en la tri etaĝoj, jubile kantanta kiel birdo. Kaj Keave rigardis kaj aŭdis ŝin kun beateco, sed poste li devis kunŝrumpi ĉeflanke kaj plori kaj ĝemi, kiam li pensis pri la prezo, kiun li pagos por ŝi; kaj poste li devis sekigi siajn okulojn kaj lavi sian vizaĝon kaj iri kaj sidi kun ŝi sur la granda ĉirkaŭdoma balkono, aliĝante al ŝiaj kantoj kaj respondante kun malsana spirito ŝiajn ridetojn.

Iam venis la tago, kiam ŝiaj piedoj ekpezis kaj ŝiaj kantoj fariĝis maloftaj; kaj nun estis ne nur Keave, kiu ploris ĉeflanke, sed ĉiu el ili dispartiĝis de la alia, kaj ili sidis en transflanka balkono kun la tuta larĝeco de la Granda Domo inter si. Keave sinkis tiom en sian desperon, ke li apenaŭ rimarkis la ŝanĝon kaj, ke li nur ĝojis, ke li havas pli da horoj por sidi sola kaj por cerbumi pri sia destino kaj ne tiom ofte devas montri ridetantan vizaĝon kun malsana koro. Sed je iu tago, li auskultis la plorsingultadon de ino, kiu envenis kvazaŭ ŝtelire en la Grandan Domon , kaj jen Kokua kuŝis sur la balkona planko kaj turnadis sian vizaĝon kaj ploris kiel perdito.

„Vi agas bone, ke vi ploras en tiu ĉi domo, Kokua", li diris, „kaj tamen mi fordonus mian kapon, se almenaŭ vi fine povus esti feliĉa.“

„Feliĉa!“ ŝi kriis. „Keave, kiam vi vivis sola en via Granda Domo, vi estis sur la insulo la enkorpigo por feliĉa viro, ridado kaj kantado estis sur viaj lipoj, kaj via vizaĝo radiis kiel sunleviĝo. Poste vi edzinigis la kompatindan Kokuan; kaj nur Dio scias, kio estas tiom malĝusta je ŝi, – sed ekde tiu tago vi ne plu ridetis. Ve! Kio mankas al mi? Mi pensis, ke mi estas belaspekta kaj mi sciis, ke mi amas vin. Kio mankas al mi, ke tiu malhela nubo metiĝis sur mian edzon?"

„Kompatinda Kokua," diris Keave. Li sidiĝis apud ŝi kaj provis manpreni ŝin, sed ŝi retiris la manon.

„Kompatinda Kokua," li diris ankoraŭfoje. „Kompatinda infano mia – bela edzino. Kaj mi pensis, ke mi ĉion ĉi povas kaŝi al vi! En ordo, vi do eksciu ĉion. Tiukaze vi almenaŭ havos kompaton al la priplorinda Keave; tiukaze vi komprenos, kiom mi amis vin pasintece, ke mi riskis la inferon por posedi vin, kaj kiom multe mi ankoraŭ nun amas vin (mi, la priplorinda kondamnito), tiom, ke mi ankoraŭ nun povas devigi rideton sur mian vizaĝon, kiam mi rigardas vin." Post tio li rakontis ĉion, eĉ de la komenco.

„Tion vi faris por mi?" ŝi kriis. „Ho, bone tiel, kial mi do plu afliktiĝu?!" Kaj ŝi ĉirkaŭbrakumis lin kaj ploris.

„Aĥ, kara!" diris Keave, „kaj tamen, se mi konsideras la fajron de la infero, tio tamen tre ŝarĝas mian animon!"

„Ne diru tion," ŝi diris; „neniu viro povas perdiĝi, nur ĉar li amas Kokuan, kaj kiu krome misagis neniel, Keave, mi savos vin per tiuj miaj manoj aŭ mi pereos kiel via akompananto. Nu! Vi amis min kaj donis vian animon al mi, kaj tamen vi pensas, ke mi ne pretus morti por savi vin miaflanke?"

„Aĥ, mia kara! Vi povus morti centfoje, kion tio ŝanĝus?" li kriis, „escepte de tio, ke vi forlasus min ankoraŭ antaŭ ol komenciĝos mia kondamniteco."

„Vi scias nenion," ŝi diris. „Mi estis edukita en lernejo de Honoluluo; mi ne estas kutima knabino. Kaj mi diras al vi, mi savos mian amaton. Kion vi diris pri la cendo? Sed la mondo entute estas ne nur usona. En Britujo ili havas moneron nomata *farthing*, kiu valoras ĉirkaŭ duonon de cendo. Aĥ! Domaĝe!" ŝi kriis, „tio farus ĝin apenaŭ pli bona, ĉar la aĉetonto estus perdita, kaj ni trovus neniun, kiu estus tia bravulo kia nia Keave! Sed, krome ekzistas ja Francio; ili havas tie monereton, kiun ili nomas centimo, kaj ĉirkaŭ kvin da ili havas valoron de cendo aŭ ion similan. Pli bone ni ne povus deziri tion. Ek, Keave! Ni iru al la francaj insuloj, ni iru al Tahiti, tiom rapide, kiom ŝipoj povos porti nin tien. Tie ni havos kvar centimojn, tri centimojn, du centimojn, unu centimon; kvarfoje eblos pliaj vendoj al posedontoj kaj du el ili fare de ni por antaŭenpuŝi la negocon. Ek, Keave mia! Kisu min kaj ŝovu flanken la zorgojn. Kokua defendos vin.“

„Donaco de dio!“ li kriis. „Mi ne povas imagi, ke Dio volas puni min, ĉar mi sopiris tiel bone! Estu do tiel, kiel vi volas, konduku min tien, kien plaĉas al vi: „Mi metas mian vivon kaj mian savon en viajn manojn.“

Frue je la sekva mateno Kokua preparis sin por la vojaĝo. Ŝi prenis la keston de Keave, kun kiu li marvojaĝis; unue ŝi metis la botelon en angulon kaj poste ŝi aldonis siajn plej valorajn vestojn kaj la plej impresajn ornamaĵojn de la domo. „Ĉar, ni devas

prezenti nin kiel riĉaj homoj, ja kiu aliokaze akcept-
us la botelon?"

Dum la preparado ŝi estis tiel gaja kiel birdeto; nur
dum ŝi rigardis al Keave, larmoj montriĝis sur ŝia
vizaĝo, kaj ŝi devis kuri al li kaj kisi lin. Sed de Keave
estis prenita ŝarĝo de la animo; ĉar ŝi ekdividas lian
sekreton kaj li estis kun certa espero pri si, li ŝajnis
esti nova viro, li paŝis facilpiede surtere, kaj la spir-
ado estis denove plezuro por li. Kaj tamen la teruro
estis plu je lia flanko; kaj ĉiam denove, tiel, kiel la
vento per blovado estingas kandelon, mortadis la
espero en li, kaj li vidis bruli la ruĝajn flamojn de
la inferofajro.

Disvastiĝis en la lando la mesaĝo, ke ili entre-
prenas plezurvojaĝon al Usono, kio ŝajnis esti
stranga afero, kaj tamen ĝi ne estis tiel stranga, kiel
la vero, se iu estus kapabla diveni ĝin. Tial ili iris al
Honoluluo per la ŝipo ‚Hall', kaj de tie kun aro da
blankuloj per la ŝipo ‚Umatilla' al San-Francisko,
kaj de San-Francisko li pasis transen per la poŝtbri-
gantino ‚*Tropic Bird*' al Papeete, la ĉefurbo de la

francoj en la sudaj insuloj. Tien ili alvenis post plezura vojaĝo je favora pasattago kaj vidis la rifon kun la surfo kaj la insuleton Motuiti kun ties palmoj kaj la skunon troviĝantan en la rodo kaj la blankajn domojn de la urbo, kiuj troviĝis ĉe la bordo inter verdaj arboj, kaj supre de ili estis la montoj kaj la nuboj de la blankula insulo Tahiti.

Ili opiniis, ke estas plej saĝe lui domon kontraŭe al la transflanka Brita Konsulejo por tie imprese paradi per mono kaj mem kapti atenton per ĉaroj kaj ĉevaloj. Tio estis tre facile farebla, tiom longe, kiom ili posedis la botelon; ĉar Kokua estis pli aŭdaca ol Keave, kaj se ŝi havis ideon pri io, ŝi vokis la koboldon pro dudek aŭ cent dolaroj. Tiel ili baldaŭ frapis la atenton en la urbo; kaj la fremduloj el Havajo, ilia rajdado, ties fajnaj vestoj kaj la valor-plenaj puntoj de Kokua fariĝis la temo de multaj interparoloj.

Post komencaj obstakloj pri la lingvo de Tahitio, ili bone progresis pri tiu, ĉar ĝi estas efektive simila al la lingvo de Havajo, spite al la ŝanĝo de certaj literoj; kaj tuj, kiam ili havis la laŭordan kapablon libere paroli, ili provis vendi la botelon. Konsideru, ke tio ne estas afero facila, enkonduki ion tian. Ne estis facile konvinki la homojn, ke li parolas serioze, ke oni ofertas vendi neelĉerpeblan fonton de sano kaj riĉo por kvar centimoj. Estis krome necese klarigi la danĝerojn de la botelo, kaj tamen la homoj akceptis la tutan aferon kaj ridis aŭ ili pensis des pli pri la pli morna flanko, ili fariĝis serioze afliktitaj kaj retiriĝis de Keave kaj Kokua, kiel de personoj, kiuj negocas kun la diablo. Anstataŭ gajni terenon, ili komencis retroviĝi kiel evitatoj en la urbo; la infanoj forkuris kriante de ili, jen afero ne tolerebla de Kokua; katolikoj krucumis sin, dum ili preter-iris; kaj ĉiuj homoj subite komencis retiriĝi de la novaj konatoj.

Depresio ekokupis iliajn spiritojn. Post la penoj de la tago ili sidis en sia nova domo kaj ne ŝanĝis eĉ vorton aŭ la silento estis rompata per subitaj plor-singultoj de Kokua. De tempo al tempo ili preĝis kune; kelkfoje ili sidis la tutan vesperon surplanke kun la botelo kaj observis kiel la ombro ŝvebas en la mezo. Je tiuj tempoj ili timis enlitiĝi. Daŭris longan tempon antaŭ ol ili ekdormis, kaj kiam iu el ili endormiĝis, tio vekis la alian kaj montris tiun silente ploranta, aŭ eble vekiĝis la dormanto mem, dum la alia fuĝis de la domo kaj de la najbareco de tiu botelo por paŝadi ĉe la bananujoj aŭ migri sur la plaĝo sub lunlumo.

Estis tiel ankaŭ en certa nokto, kiam Kokua vekiĝis. Keave estis foririnta. Ŝi palpis la liton kaj lia loko estis frida. Jen timo atakis ŝin kaj ŝi sidiĝis en la lito. Iom da lunlumo penetris tra la fenestropordo. La ĉambro estis hela kaj ŝi povis observi la botelon sur la planko. Ekstere blovis la vento forte, la grandaj aleaj arboj bruis laŭte kaj la falintaj folioj susuris en la verando. Meze de tio Kokua rimarkis alian sonon; ĉu de besto ĉu de viro, ŝi apenaŭ povis rakonti, sed la sonado estis morte malgajiga kaj sufokis ŝian gorĝon. Softe ŝi leviĝis, malfermis fendete la pordon kaj rigardis sur la lunluman ĝardenon. Tie ĉe la bananujoj kuŝis Keave kun la buŝo en polvo, kaj kuŝante li ĝemis.

La unua penso de Kokua estis kuri al li kaj konsoli lin; ŝia dua penso potence haltigis ŝin. Keave antaŭ sia geedzeco montriĝis kuraĝa viro; ŝi trovis tute ne taŭga hontigi lin per sintrudemo en horo de ties malforteco. Pensante tion, ŝi retiriĝis en la domon.

„Ĉielo!" ŝi pensis, „kiel senatenta mi estis – kiel malforta! Estas li, kaj ne mi, kiu troviĝas en tiu eterna danĝero; estas li, ne mi, kiu ŝarĝis sian animon per tiu malbeno. Estas por mia bonfarto, kaj por la amo al vivestaĵo, kiu tiom malmulte valoras kaj kiu povas helpi tiom malmulte, ke li nun troviĝas tiom proksime de la flamoj de la infero – kaj ke li odoras la sulfuron el ĝi, kuŝanta tie ekstere en la vento sub lunlumo. Ĉu mi estas tiom obtuzigita spirite, ke mi neniam ĝis nun divenis mian devon, aŭ ĉu mi konis la devon antaŭe kaj turniĝis flanken? Sed nun mi fine prenos mian animon per ambaŭ manoj kun amo; nun mi diros adiaŭ al la blankaj ŝtupoj ĉielen kaj al la vizaĝoj de miaj atendantaj amikoj. Mian amon por lia amo, kaj mia amo estu samranga al tiu de Keave! Mian animon por lia animo, eĉ kvankam mi devos perei pro tio!"

Ŝi estis rapidmana kaj tial baldaŭ vestita. Ŝi prenis la ŝanĝmonon – la valorplenajn centimojn, kiujn ŝi ĉiam havis ĉe si; ĉar tiuj moneroj estas malofte uzataj, ŝi havigis kelkajn el registara oficejo. Kiam ŝi staris sur la aleo, la vento kunŝovis nubojn kaj la luno nigriĝis. La urbo dormis, kaj ŝi ne sciis kien turniĝi, ĝis kiam ŝi aŭdis tuseti homon en la ombro de la arboj.

„Maljunulo," diris Kokua, "kion vi faras ĉi tie surstrate en la frida nokto? "

La oldulo apenaŭ povis esprimi sin pro la tusetado, sed ŝi elaŭskultis, ke li estas ne nur maljuna, sed an-kaŭ povra, kaj fremdulo en la insulo.

„Ĉu vi pretas fari servon al mi?" demandis Kokua. „Kiel fremdulo al alia kaj kiel maljunulo al junulino, ĉu vi pretas helpi al filino de Havajo?"

„Aĥ", diris la oldulo. „Do estas vi la sorĉistino de la ok insuloj, kaj eĉ mian animon maljunan vi provas impliki. Sed mi eksciis pri vi, kaj mi rezistas vian fian sorĉon."

„Sidigu vin," diris Kokua, „kaj mi sciigos rakonton al vi." Kaj ŝi rakontis al li la historion de Keave de la komenco ĝis la fino.

„Kaj nun," ŝi diris, „mi estas lia edzino, kiun li akiris per la bonfareco de sia animo. Kaj kion mi faru? Se mi mem irus al li kaj ofertus aĉeti la botelon, li rifuzus tion. Sed, se irus vi tien, li vendus ĝin kun fervoro. Mi atendos vin ĉi tie; vi aĉetos ĝin por kvar centimoj kaj mi reaĉetos ĝin por tri. Kaj Dio donu al kompatinda ino forton!"

„Se vi celas fian," diris la oldulo, „mi supozas, ke Dio mortigos vin."

„Li farus!" kriis Kokua. „Certas, ke li farus tion. Mi ne povus esti tiel insida – Tion Dio ne indulgus."

„Donu la kvar centimojn al mi kaj atendu min je tiu ĉi loko", diris la maljunulo.

Kiam Kokua nun staris sola sur la strato, ŝia animo kvazaŭ mortis. La vento hurlis en la arboj kaj por ŝi ĝi sentiĝis kiel la bruo de la flamoj en la infero; la ombroj ŝanceliĝis en la lumo de la stratlanterno, kaj ili aspektis por ŝi kvazaŭ manoj de malicaj spiritoj. Se ŝi havus la forton, ŝi forkurus, kaj se ŝi havus sufiĉe da spiro, ŝi devus krii laŭte; sed ŝi povis fari nek tion nek tion ĉi kaj ŝi staris tremante en la aleo, tiel, kiel timigita infano.

Poste ŝi vidis reveni la oldulon, li tenis la botelon permane.

Li diris: „Mi plenumis vian deziron, poste mi forlasis vian edzon, kiu ĝojigite ploris kiel infano, ĉinokte li dormos trankvile." Kaj li etendis la botelon al ŝi.

„Antaŭ ol vi donos ĝin al mi", diris Kokua anhele, „prenu la malican kun la bona – petu esti liberigita de via tusado."

„Mi estas maljunulo", obĵetis la viro, „kaj tro proksime ĉe la rando de la tomba pordo por akcepti favoraĵon de la diablo. Sed pri kio temas? Kial vi ne prenas ĝin, ĉu vi hezitas?"

„Ne, tute ne", kriis Kokua. „Mi estas nur senforta. Donu iom da tempo al mi. Estas miaj manoj, kiuj spitas, mia karno kun timo retroevitas de la malbenita aĵo! Atendu momenton."

La oldulo afable rigardis Kokuan. „Kompatinda knabino!" li diris: „Via timo, via animo trompas vin. En ordo, lasu la botelon ĉe mi. Mi estas olda kaj sur tiu ĉi mondo ne plu povos trovi feliĉon, ankaŭ ne en la alia mondo..."

„Donu ĝin al mi!" forte spirante diris Kokua. „Jen via mono. Ĉu vi pensas, ke mi povus esti tiel fia? Donu la botelon."

„Dio benu vin, karulino," diris la oldulo.

Kokua kaŝis la botelon en sia holokuo*, diris adiaŭ al la oldulo kaj foriris sur la aleo, ne zorgante kien. Ĉar ĉiuj stratoj estis kvazaŭ la samaj al ŝi kaj ĉiuj kondukis en la inferon. Dum certa tempo ŝi iris, kaj certan tempon ŝi kuris; kelkfoje ŝi laŭte kriis en la nokton, kaj kelkfoje ŝi kuŝis ĉe la vojrando en la polvo kaj larmis. Ĉion ĉi, kion ŝi aŭskultis pri la infero, revenis al ŝi, ŝi vidis ekflami la fajrojn; kaj ŝi odoris la fumon, kaj ŝia karno kvazaŭ disfalis sur la karboj.

Antaŭ mateniĝo ŝi rekonsciiĝis kaj iris al la domo. Estis tute tiel, kiel diris la oldulo. Keave agrable dormis kiel infano. Kokua staris antaŭ li kaj rigardis lian vizaĝon.

„Nu, kara edzo, estas via vico dormi. Kiam vi vekiĝos, estos vi tiu, kiu kantos kaj ridos. Sed por la kompatinda Kokua – ho ve! Tion mi ne diris kun fia intenco – nek plu estos dormo nek kantado, nek raviteco, nek surtere nek enĉiele.“

Dirinte tion, ŝi sternis sin en sia lito je lia flanko kaj ŝia mizero estis tiel ekstrema, ke ŝi tuj ekdormis profunde.

Malfrue matene ŝia edzo vekis ŝin kaj sciigis al ŝi la bonan novaĵon. Ŝajnis, kvazaŭ li estus tute ekster si pro plezuro, ĉar li tute ne atentis ŝian streĉitecon, kvankam ŝi nur malbone povis kaŝi ĝin. La vortoj kunpremis ŝian gorĝon, sed ne gravis, ĉar li parolis plu. Ŝi ne manĝis eĉ iomete, sed kiu observu tion? Keave malplenigis la pladon. Kokua vidis kaj aŭdis lin tiel, kiel strangan aĵon en songo; estis tempoj, kiam ŝi forgesis ĉion aŭ pridubis ĉion, kaj tial ŝi metis manon al la frunto por certigi sin, ke ŝi mem estas kondamnita. Aŭdi babili la edzon, ŝajnis al ŝi monstraĵo.

Dum la tuta tempo Keave manĝis kaj parolis kaj forĝis planojn por la tempo post la hejmiro kaj dankis al ŝi por la savo kaj karesis ŝin kaj nomis ŝin vera fidela helpantino. Li ridis pri la oldulo, kiu estis sufiĉe stulta por aĉeti la botelon.

„Li aspektis kiel maljuna honorindulo", diris Keave. „Sed neniu povas juĝi iun laŭ ties aspekto. Ja kial tiu fripono akiris la botelon?"

„Edzo mia," humile diris Kokua „lia intenco eble estis bona."

Keave ridis kiel kolerulo.

„Blablabla!" li kriis. „Vrakeca kanajlo, jen li, tion mi diras al vi, kaj azeno krome. Estis sufiĉe malfacile vendi la botelon por kvar centimoj; sed por tri tio estos tute ne ebla al li. La marĝeno ne estas sufiĉe ampleksa, la aĵo komencas odori ekbruligita — grrr!" li diris, kaj li ektremis hororigite. „Estas vere, mi aĉetis ĝin mem por cendo, kvankam mi tute ne sciis, ke ekzistas moneroj pli malgrandaj. Mi kondutis kiel ŝtipkapulo pro miaj turmentoj; ke ne plu troviĝos aliulo, ĉar tiu, kiu laste havos la botelon, kunprenos ĝin en la inferon."

„Ho, edzo mia!" diris Kokua. „Ĉu ne estas terura afero savi sin mem per la eterna pereo de aliulo?

Ŝajnas al mi, ke mi ne povus ridi pri tio. Mi estus humiligita. Mi estus plena de melankolio. Mi preĝus por la kompatinda posedanto de la botelo."

Tial Keave, sentante la veron pri tio, kion ŝi diris, fariĝis eĉ pli ĉagrenigita. „Fatrasaĵo!" li kriis. „Estu plena de melankolio, se tio plaĉas al vi. Sed tio ne estas la maniero de bonkonduta edzino, kaj se vi povus pensi ankaŭ pri mi, vi ekhontus!"

Post tio li foriris kaj Kokua estis sola.

Kiun bonŝancon ŝi havos vendi la botelon por du centimoj? Neniun, ŝi perceptis. Kaj se ŝi havus bonŝanceton, ĉu estos tiukaze ŝia edzo, kiu rapide foririgos ŝin al lando, kie estas io malpli valora ol cendo. Kaj ĉimomente– je la mateno de ŝia mem-oferiĝo – ŝia edzo riproĉis kaj forlasis ŝin.

Ŝi eĉ ne provis profiti de la tempo, kiun ŝi ankoraŭ havos, sed sidis en la domo, elpreninte la botelon, kaj rigardis ĝin kun nedirebla timo, kaj poste kun abomeno denove kaŝis ĝin nevidebla por rigardoj.

Post certa tempo Keave revenis, kaj celis, ke ŝi akompanu lin dum ekskurso.

„Edzo mia, mi estas malsana", ŝi diris. „Mi fartas malbone. Pardonu, mi ne povus plezurigi min."

Jen Keave fariĝis pli kolera ol iam antaŭe. Pro ŝi, ĉar li pensis, ke ŝi cerbumas pri la kazo de la maljuna viro; kaj pri si mem, ĉar li pensis, ke ŝi ja pravas, pro la honto senti sin tiom feliĉa.

„Tio estas via fideleco, kaj via sindonemo al mi! Via edzo estas ĵus savita de la eterna kondamno, kiun li ŝarĝis sur sin, ĉar li amas vin – kaj vi eĉ ne ĝojas pri tio! Kokua, vi ne havas sinceran koron."

Li denove foriris kolere kaj vagadis dum la tuta tago en la urbo. Li renkontis amikojn kaj drinkis kun ili; ili luprenis ĉaron kaj veturadis kampare, kaj tie drinkis denove. Dum la tuta tempo Keave fartis neoportune, ĉar li plezurigis sin, dum lia edzino estis malĝoja, kaj ĉar li sciis profunde en sia koro, ke ŝi pli pravas ol li mem; kaj tiu scio drinkigis lin eĉ pli.

Inter la drinkuloj estis ankaŭ maljuna brutala blankulo, ulo, kiu estis ĉefmaato sur balenŝipo, fuĝinto, orofosisto, prizonkondamnito. Li havis malican menson kaj senbrideblan faŭkon; li ŝategis drinki kaj observi aliajn ebriaj; tial li devigis drinki ankaŭ Keave-on. Baldaŭ neniu plu havis monon en la societo.

„He, vi!" diris la ĉefmaato „vi estas riĉa, tion vi ĉiam asertis. Vi havas botelon, aŭ iun similan galima-tiaĵon."

„Jes," diris Keave. „Mi estas riĉa. Mi iros hejmen kaj alportos iom da mono de mia edzino, kiu konservas ĝin."

„Tio estas malbona ideo" diris la ĉefmaato. „Neniam konfidu al inaĉo dolarojn. Ili ĉiuj estas perfidemaj kiel akvo; ĉiam observu ŝin."

Tiu diro tre frapis la atenton de Keave, ĉar li estis ebria de tio, kion li drinkis.

„Mi ne miru, se ŝi estus perfidema, efektive", li pensis. „Kiel ŝi povas esti tiel deprimita post mia saviĝo? Sed mi montros al ŝi, ke mi ne estas la viro, kiu lasas kondukadi sin je la nazo. Mi kaptos ŝin dum peka ago."

Sekve tion, Keave, kiam ili denove estis en la urbo, petis la ĉefmaaton atendi lin je la angulo ĉe la malnova karcero, kaj iris tra la aleo sola al la pordo de sia domo. La nokto komenciĝis denove; estis lumo interne, sed neniu sono aŭdeblis kaj Keave ŝtele aliris, malfermis softe la malantaŭan pordon kaj rigardis internen.

Tie Kokua sidis surplanke, kun lampo ĉeflanke, antaŭ ŝi troviĝis lakte blanka botelo kun longa kolo kaj ronda korpo, kaj Kokua rigardis ĝin kaj dum tio luktigis la manojn.

Dum longa tempo Keave staris ĉe la pordo kaj rigardis internen. Unue li estis perpleksa; kaj tiam li ektimis, ke la marĉanda rezulto eble estis nevalida, kaj ke la botelo revenis al li, kiel ĝi revenis en San-Francisko; kaj tial moliĝis liaj genuoj, la nebulo de la vino fuĝis el lia kapo tiel, kiel matenaj nebuloj for de rivero. Kaj poste li havis alian penson, kaj tiu estis tiel stranga, ke ĝi ardigis liajn vangojn.

„Mi certigos min pri tio", li pensis.

Tial li fermis la pordon kaj iris denove ĉirkaŭ la angulon kaj poste eniris brue tra la frontpordo, kvazaŭ li nur ĝuste en tiu momento revenus hejmen. Kaj jen! Kiam li malfermis la pordon, la botelo estis malaperinta kaj Kokua sidis en seĝo kaj ekmoviĝis kvazaŭ ŝi ĵus vekiĝis el la dormo.

„Mi drinkis dum la tuta tago kaj gajis", diris Keave. „Mi estis inter bonaj kompanoj, kaj nun mi revenas nur por preni monon, kaj poste mi reiros al ili por drinki kaj gaji."

Liaj vizaĝo kaj voĉo estis severaj, kiel tiuj de juĝisto dum verdikto, sed Kokua estis tro ŝarĝita por observi tion.

„Vi agas bone disponi pri via propraĵo, edzo mia", ŝi diris kaj ŝia voĉo tremis.

„Ho, mi agas ĉiam ĝuste", diris Keave, kaj li iris rekte al la kesto kaj elprenis monon. Sed krome li rigardis en la angulon, kie ŝi konservis la botelon, sed ne estis botelo tie.

Jen subite la kesto kvazaŭ leviĝis supren kiel mara ondo kaj la domo turniĝis ĉirkaŭe kiel fumringo, ĉar li ekkomprenis, ke li estas perdita kaj, ke ne plu eblos eskapo. „Jen tio, kion mi timis", li pensis. „Estas ŝi, kiu aĉetis ĝin."

Kaj tiam li iom rekolektis siajn fortojn kaj ekstaris; sed ŝvito torentis sur lia vizaĝo tiel densa kiel pluvo kaj tiom frida, kiom fontakvo.

„Kokua," li diris, „mi diris hodiaŭ al vi fiajn vortojn, kiuj fartigis min malbone. Nun mi reiros al miaj kompanoj por gaji." Kaj dum tio li ridis mallaŭte. „Mi havos pli da plezuro dum la drinkado, se vi pardonos al mi."

Ŝi mantuŝis liajn genuojn kaj kisis ilin kun fluantaj larmoj.

„Ho," ŝi vokis, „Mi petis nur pri afabla vorto!"

„Neniam denove ni reciproke pensu aĉe pri la alia", diris Keave kaj foriris el la domo.

Ĉifoje, la monon, kiun Keave prenis, estis nur unu monero de la ŝanĝmono el la centimoj, kiujn ili metis flanken dum ilia alveno. Estis tute certa, ke li ne havis la intencon ekiri por drinki plu. Lia edzino donis sian animon por lia, nun, li pensis, li devos redoni tiun al ŝi; neniu alia penso aktuale havis lokon en lia mondo.

Ĉe la angulo apud la malnova karcero la ĉefmaato atendis lin.

„Mia edzino havas la botelon", diris Keave, „kaj se vi ne helpos al mi reakiri ĝin ĉivespere, ni nek havos monon nek likvoron."

„Ĉu vi eble eĉ opiniis tion serioze pri la botelo", ekkriis la ĉefmaato.

„Jen la lanterno", diris Keave. „Ĉu mi aspektas kiel ŝerculo?"

„Efektive," diris la ĉefmaato. „Vi aspektas tiel serioza, kiel fantomo."

„Do, en ordo", diris Keave, „jen du centimoj; vi devos iri al mia edzino kaj aĉeti de ŝi la botelon, kiun (se mi ne tute eraras) ŝi redonos tuj al vi. Portu ĝin ĉi tien kaj mi reaĉetos ĝin de vi por centimo; ĉar tio estas la kondiĉo de la botelo, ke la botelo devas esti vendata por malpli granda sumo. Sed kion ajn vi faros, neniam eĉ ne flustru ion pri tio, ke vi venis de mi."

„Kamarado, mi miras, ĉu vi volas fari stultulon el mi?" demandis la ĉefmaato.

„Tio ne povas damaĝi al vi, ĉar mi estas mem la stultulo," rediris Keave.

„Vi pravas, kamarado", diris la ĉefmaato.

„Kaj se vi dubas pri mi", aldonis Keave „vi povos elprovi ĝin. Tuj, kiam vi estos forlasinta la domon, deziru, ke via poŝo estu plena de mono, aŭ deziru botelon de la plej bona rumo, aŭ kion ajn krome, kaj tiel vi ekkonos la virton de la aĵo."

„Tre bone, kanako," diris la maato. „Mi provos; sed, se vi mistifikis min, mi mistifikos vin per klaba fiks-igilo, je kiu maristo fiksigas ŝnuregojn por veloj."

Tion dirinte, la balenkaptisto foriris tra la aleo kaj Keave restis staranta kaj atendis. Estis proksime de la loko, kie atendis Kokua je la vespero antaŭe; sed Keave estis pli decidiĝinta kaj neniam fariĝis ŝanceliĝema pri sia intenco; nur lia animo estis amarsenta pro despero.

Ŝajnis, ke li devis atendi dum tre longa tempo antaŭ ol li ekaŭdis voĉon kantantan en la tenebro sur la avenuo. Li sciis, ke ĝi estas de la ĉefmaato; sed estis strange, kiom ebria li aperis subite.

Poste la viro mem venis stumblante en la lumon de la lanterno. Li estis metinta la botelon de la diablo sub sian butonumitan mantelon; alian botelon li tenis permane; kaj eĉ kiam li aperis en la vidkampo, li levis ĝin al la buŝo kaj drinkis.

„Vi ĝin havas", diris Keave. „Mi vidas."

„La manojn for!" kriis la ĉefmaato, saltante malantaŭen. „Se vi proksimiĝos eĉ nur je paŝo, mi frakasos vian grimacilon. Ĉu vi eble pensas, ke vi povas fari katpiedulon el mi, ĉu vi pensas tion?"

„Kion vi opinias per tio?" vokis Keave.

„Opinias, ĉu?" revokis la ĉefmaato. „Tio estas vere altkvalita botelo, jen tio, kion mi opinias. Kiel mi ricevis ĝin por du centimoj, tion mi ne povas klarigi al mi; sed mi estas certa, ke vi ne reakiros ĝin por unu centimo. "

„Vi opinas, ke vi ne intencas vendi ĝin, ĉu?" spirkraĉis Keave.

„Jes, Siro!" vokis la ĉefmaato. „Sed mi donos al vi gluton de la rumo, se vi ŝatas."

„Sed mi diras al vi," obĵetis Keave, „la viro, kiu havas la botelon laste, transmondiĝos inferen."

„Mi ŝatas nenion el via parolado", respondis la maristo, „vi pensis, ke mi estas naivulo, nun vi sciu, ke tia mi ne estas, kaj nun finon al tio. Se vi ne volas havi gluton de mia rumo, mi trinkos ĝin mem. Je via sano kaj bonan nokton al vi."

Tiel li do foriris tra la aleo al la urbo. Kaj tie la botelo forlasis la rakonton.

Sed Keave rekuris al Kokua facile kiel la vento; kaj granda estis ilia ĝojo en tiu nokto; kaj granda de tiam estis la paco de ĉiuj tagoj de ili en la Pura Domo.

GLOSARO

* holokuo (neologismo): tre longa havaja robo PIV

** le/o ⚓ Tiu flanko de ŝipo, kiu estas ŝirmata kontraŭ la vento.

lee = mallofe. ☞ lofo.